詩集

ソナタ／ソナチネ

Sonata / Sonatine

石村利勝

幻冬舎

花束

宴《うたげ》の酒は野辺に充ち、 季節は浄めの血を流す。
逐はれた天使の幸福を祭る、 優し氣な少年達の角笛《ホルン》をきかう。
時のきはみにおなたは失はれた花束となり、 溫かい四月の驟雨は過ぎる。
一群れの鳩の美しい幻想《ファンタジア》、 頰撫ぜる西風の―― 僕の愁しみ。

春の詞《ことば》

Spring

前夜

四月、北辺の凍土は解け、
すみやかに顕れて虚しき水晶《クリスタル》――薄明の秘蹟。
神々の記憶持つ樹々はざはめき
ひそやかに跳梁する美しい獣等……

湖水は深く青らみ、狩人は溺れる。
白銀の月影が湖底の化石を照らす時、
森林に鳴り渡る清浄な祈禱曲《キリエ》。

星々を磨く時劫の果てに大地は黑く睡り、
天狼を驅る少年は過ぎる！
遠く黎明が水源を照らし、 水鳥は季節の極を渡る。

春の序曲

つぶやくことはなにもない
みづいろに濡れた音階を
ただしく雄勁《つよ》くかけわたす、
北の海、白銀の意志《ちから》。

つぶやくことはなにもない
（沖になづさふ鬼火の灯影《ほかげ》）
いまだこころなくうねるとはいへども、
此處にはたしかな安息の予感が在る。

北の海よ、
おまへのかなしみがあんまり遅しいので
おれははつとして息をふきかへす。
へんにくぐもつたたましひを晒してやらうと
こんな北辺までさまよつてきたのに、海よ、
これは何んといふはげしい甦りだらう。

おれはただおちついて聴き入る。
(つぶやくことはなにもない)
海はすずやかにいきどほり、
きれいな主題《テーマ》をかけわたす。

陽春小曲

お前が唄ふのは　燕たちにふさはしい
やさしげで　やるせない調べだらう……
かへつて來るちいさなものたちに　それは
何處からつたはるのか――分かりはしまい。

うるんだ春の風のうごきに
お前の髮は長くただよつて
野草のさやぎももはや冬ではなく

溫かい……見知らぬひとびとをいつまでも
ながめつづけて、その調べは
どこに行くのか？　とどのはない
雲の稚いかたちと、陽光《ひかり》にほどかれたせせらぎと……

今は何もかも　花のやうにしづまつてゐる。
お前の唄が　野を渡る風を流れ　そして
僕は歸つて行くだらう——僕の生まれたあの場所へ。

早春賦

青い南風《みなみ》に輝くものは
それはいつも子供らの口笛
コバルトの空に消えていくのは
いつか織られた小さな望み

だから高く飛べ僕の燕
神々の影に怯え
愚かな夢を見た朝を捨てて
春を告げ

溫かい雨に煙るあの森へ
海の見える白い丘を越えて
高く

そしてその日に僕は氣付く
囁き掛ける何もかもが
僕に觸れない優しさと

青い南風に輝くものは
それはいつも子供らの口笛
名もなき歌を繰り返す
忘れられた昨日の宝石

春風

空の果てには、子供が見える！

それは春近く、夢見心地の空氣は流れ、
教会堂は海の色に濡れ、
鳩は群れ立ち、南風《みなみ》が通る。
優しい人々よ、澄んだ歌声よ、
僕はこの日に出で立たう、
空の果てには子供が見える！

眼路はるか、地平の限り河水は溢れ、
砂嵐立ち、樹木は幾多《あまた》の宝石を揺する。
幾千年を経て見れば
風見雞《かざみ》も空に溶けようか？

無垢な獣は荒地に死んで
宴《うたげ》の日々もおさらばだ。
天使は流され、野原は焼かれ、
　空の果てには子供が見える、
空の果てには、子供が見える！

宝石

春の光
朝の虹
つゆ草の燦《きらめ》き
雲雀は騰《あが》り
通り縋りの聖人が
何氣ない永遠を告げて行く
優しい晴れ空を仰ぎ見て
これから誰を迎へに行かう
訣れの季節は遥かに過ぎた

美しい牧童達も笑つてゐる
ひとつの宝石のやうな　その日のお前の憧れが
今も輝いてゐるなら！　僕は何にも悔いやしない
うららかの小道を辿り
苦い野草を噛みしめながら
コバルトの大氣が流れてゐる　地平の終りへ
はじめの望みの生まれた處へ
そこには溫かい　神々の日の雨が
人々の沈默を濡らしてゐる
大理石の蔭では三色菫が
サフォの歎きをきいてゐる

麗日

空の歌はきこえず
さくら花閑《しづ》かなり
ひとときの翳り
野ばらの苦い永遠
約束よ——
時折みじかい愛が囁かれ
美しい童子が立ちぎきをする

空の歌はきこえず
午後の風のさやかに揺する
春草はなつかしむ
なごやかな四月
ヒバリの夢は稚い
銀の食器をささげて
新緑の服の少女は通る
その目もとの涼しさ
千のあどけないまなざしよ……
樹陰のほのかなあかるみ

温かい土の上《へ》に
巡禮の様に釣人はねむる
空の歌はきこえず
うららかな野辺の小川をながれる
白い手紙
晒した砂の様な
かなしみよ
ふと午後の風はあざやぎ
僕は立ち止る
ひろびろと夕焼ける空の果てに

トロンボオンを吹いてゐる
愁ひ顔の牧神に
つめたい酒を贈らう
空の歌はきこえず
さくら花閑かなり

面影

さくら舞ひ
さくら散る
風の向う
なにゆえの
心殘りぞ
うす曇り
たえだえに

きこゆ物の音《ね》
いと優し
いとかなし
過ぎにしかたの
ことどもぞ
思ひやり
思ひやれども
跡もなし
さくら舞ひ
さくら散り

八重にほふ
殘《のこん》の春をかぞふれば
そのかみの
なつかしき人
夢うつつ
木《こ》の間《ま》がくれに
ほの見ゆるかも

予感

野辺の道はまみどり
五月の微風のやさしき幻
ひそやかな雲雀のかたらひと
まぶしい麥藁帽子の挨拶
たつたひとつの言葉にあなたの心は戸惑ひ
僕は待つてゐた——書物を閉ぢ
今日のあひだに流れ去る　すべてかぎりないものに満たされて！

海市

東から船が歸る、海豚ののびやかな合唱《コーラス》。
船子が金色の綱《ロープ》を投げる、宝石商人の微笑み——
波立つ五月の物音、涼しく潮風の洗ふ憂愁《メランコリア》、
少年等まろび驅けて行く石疊に、
なごやかな午後の海光の照り返し。
幼い姉妹の清潔な叫び声にうたれて、

小鳥の様に鍔廣の帽子が飛んで行く――
白い建築の並み建つ坂より跳べよ、
コバルトの空にうち續く神々の海へ!

花籠

風騒ぐ今日ひと日
打ち捨てられた青い屋根
仰ぎ見る、楡の葉蔭は眩しいばかり。
すべて往きしものは五月の空に輝き
新緑あざやかな野の上を渡つて行く。
失くしてしまつた僕の想ひと

あの日に囁かれたおまへの言葉も。
はるかなめぐりのうちに　小さな問ひがくりかへされる
おまへが投げた花籠の　むせかへる優しさに
答へられた僕の言葉は？　かへり來ぬ　その微笑みに——

朗読

聖杯を傾ければ仄かに望む天末線《スカイライン》。
彼岸に駈けて肌色の抱擁を追憶し、
遥かにさぐる五月の生誕、
（母の遺失に生まれし者よ……）
若葉さやかに慈しむ小さな掌。
飛び散らふ木洩陽に目覚め聴く、

草色の牧笛《ふゑ》すずしげな回旋曲《ロンド》。
新緑の午後、颪立つ戸外にやすらいで父の物語る——
夕星《ゆふづつ》の下《もと》、白い頁《ペエヂ》に綴ぢられる小さき者の睡り。

眺望

わかるくさりげない智慧に午後の愁ひを展《ひら》き
透明な五月の使徒たちは疾走する（何故ならば……）
此處には恕《ゆる》されるべきなにものもなく
あやふげな雲にまつはる遺失の音階――
窓辺の少年はクラリネットを吹きながら
生まれた日のことをおもひだしてゐる

――ひややかで　愛されてばかり
やがて遥かなのぞみが微光のやうにはじまり
昼下がりのあかるみの中に　それはしづかに傷付く……

摸倣

イ短調ロンドの孤独に犬のやうにあくがれて
せつかく育てた硝子《がらす》色の菫《すみれ》を
ただなつかしく僕は喰ひ盡してしまつた。
失意のかたい陰影を
新緑のプロムナードにつめたく落として
僕は終日時空をよぎる少年の眞似をした——

涼風吹く庭の白いテエブルで
球体に似て全てを嫌ふ
きみの形而上學を僕は聴かう。

かなしみ

プラタナスつめたい樹蔭を美しい自轉車は往き、
清潔な恣意に結ばれる純銀のプリズム。
僕は音階のゼスチュアに四肢を曲げやがて跳ね、
獸のやうにすれ違ふ智慧たちをのこらず捉へた。
初夏一瞬の全智の擦過
あらゆる物音はものうくいりまじり、

祈りの身振りで一葉が落ちる。
稀薄な宝石ジャスミンの目眩《めくるめ》くただよひよ……
雲に近い街に住んで孤独を数式のやうにまとめ
かなしみは雨滴の可憐な軌跡を辿る。
その質量と密度は少年の掌で測るべきか——僕は疑ふ！
凪は僕のすべての名前を想ひ出し告げるだらう。
ひととき　五月のひと日　そのひとときのあはれ
僕は立ち去り　僕は忘れる。

風立ちぬ

眩《まばゆ》い五月の銀の鈴
変奏をくりかへす角笛
微笑み交はす子供らも
明日には戀を知るだらう
搖れる草々の間には
小さな虹が憩《やす》らつてゐる

ふと優しげな風が通り過ぎると
前兆《まへぶれ》もなく僕らの心が震へる
行き交ふ雲を見つめたまま
かすかに揺れる木洩れ陽に手をさしのべるお前

さまたげるものとてなく　僕らの愛は
充たされてゐる――幻めいてやはらかな光に
だが、ひそかにおののくのだ、僕の心は
僕の心は……おののいてゐる　さまたげるものとてない幸せに

雲は消えて行く　笛の音《ね》は消えて行く
空はひらけゆく――だが憧れは影に住む
そしていたづらに　ひとつの言葉を僕に囁くもの

ふと優しげな風

物語

ひとしきり　五月の夜を降つた雨の　とだえるのを
合圖のやうに　僕達は憩ふ　今灯の側《かたはら》に
優しい　足取りの歩みがきこえてきたなら
お閉ぢ　その小さな書物の頁《ペエヂ》は

お前の幼い睡りのうちに　傳へよう
忘れてしまつた　美しい日々のことどもを
お前の父の　また母の

僕の姉妹の　昔語り——

そこには　小川がせせらいでゐた
はるかな野末に　僕達の住まひがあつた
濡れた苜蓿《うまごやし》を踏んで　僕達は出掛けた——

僕の物語る調べのうちに　深くやすらぐ　お前
お聞き　緑の草を踏んで行く　僕たちの足音が
初夏の明るみの下を　白い風の中を　通るのを

五月の消息

明るい風の道を優しく通る
昨日僕の見た夢の中の――

午後の通り雨は溫かく
遠い海の匂ひを僕らにもたらした
そこで交はされたはじめての言葉も

親しく懐かしい季節から
何があなたにかへつて來たらう?

なくした思ひは忘られたままだ!
樹蔭の微笑みに淡い日射しは壊れ……

あなたはうつろな夢に急ぎ
木立の中の時はいつか失はれ
僕は立ち去る　季節の外へ　風の道を拔け――

水滴

海の色の童話を夢見ながら
流線形を解いて身を樂にすれば
そのかがやきは永遠の答案のやうに消えるだらう。
はかながる薔薇を秘めた僕らの仲らひに
束の間のかなしみをそそいで——

何處からか歸り道のハアプの調べを
通り雨　君は美しく盜む。
微風きらめく樹立ちを疾り……朝の陽を狩り
なごやかな主題《テーマ》をうたひながら
紫陽花《あじさい》色の季節を拔けて
まばゆい夏の方へ――

夏の詞《ことば》

Summer

午後のルフラン

花の月が終つて
けだるい風のマドリガル
空しい憧れは繰り返す

はるか晴れ空をわたる鐘の音《ね》
まるでおびえた鳩のつがひのやうに
身を寄せてききいる僕　そしてお前

〈何を悲しんでゐる？〉
そのしとやかな祈りのうちに
〈何を待つてゐる？〉
あてどない　ひと時のまどひにやすらいで
遠い海の色の空に　お前が微笑みかけるたび
僕の心をみたすもの
けだるい風のマドリガル
空しい憧れは繰り返す

窓

ゆるやかに吹く夏風の
かるい香りにみたされて
水辺にそよぐ朝の髪
その掌が搦ふせせせらぎは
いくたびか古代の神の戀歌をきいただらう？
僕はもう巡禮の日々もラム酒の季節も忘れてゐて
今はお前のやつれた微笑みをこよなく優しいものに思ふのだ……

〈樂園の火よ、死せる聖者の花々よ、
幼きものの祈りは購はれた？〉

星のない澄んだ夜が續き――
うすぐもりの朝、淡い頬の色をした昔の薔薇が
お前の窓から落ちて行くのを僕は見てゐた。

夏日のスケッチ

ひと夏を優しく過ぎて行く
昨日と明日の　雲の行き來と
老いた小鳥が落ちて行つた
約束の地の歌声

古びた手紙をひろげて
遠い角笛をきいてゐる
貝の囁きのやうな　いつかの僕らの語らひも

今は一つの野ばらの沈默

青葉をはらんで　爽やかな風は吹くけれど
陽ざしにやつれて淡い樹蔭の微笑み
それはいつの日の愛を語つてゐたのか？

さうして甦へりしものたちは
とざされた思ひのままに
見つめてゐる　野のはてに　うすれゆく　その面影を

盛夏

七月の終はりは、かすかな風に
しめつた空氣が、やさしく動き
樹陰には眩しい光が溜つてゐる。
時をり何かが小さくそよいで來ると
僕の心は、懷かしむ
心は懷かしむ、果てもなく——
空は暑く、雲は焦心してゐる。

やがて全ては薄暮の透明に溶け
石屋の石材は、河の水さながら
西陽に揺れて、流れ出す。
窓辺の花はしなだれて
叢《くさむら》には銀の鈴、
地の透けるやうな夕暮は
煉瓦の色の、和やかさ。
水田の澱の月は割れ

夜闇に夏草茂る宵、
川つぺりの岩肌に
凪はひんやりと、しみ込む様子で――

すつきりと　すつきりと夏の夜は更け
かく悔恨もなく、さりとて憧れもなく
ただに懐かしむ、僕の心は
ただ懐かしむ　果てもなく――

雨夜

夏雨の
浸す窓辺よ。
ブリキの庇《ひさし》の
水の匂ひ。

樋はしづしづと、間断なく流す。
美しき、日々の名殘りよ――
遠山は鳴り

野の土は、黒くもあるか……

鈍色の空
低い雲
思ひ出は、山襞の霧に籠る。

何ねがふなく
淑やかに
昔の花の衰へる……

夏の水

水は　知つてゐる　僕等の空を降りながら
夜闇を経めぐる　全ての夢を溶かし
やがて緑濃き夏草の山　白雲の湧く海《わた》の原
僕等の夢は一滴　また一滴　と

夏に水は巡る　僕等の夢も夏を巡る
空の高い色彩に　海の憧れも透き通り
樹々の下照る敷石道に　打ち水はつめたく

夕凮が通り――白い海兵服《セーラー》は閃くだらう
美しい窓の側で　長い夏の午後
君は日毎に千の歌を歌つた
靜かな　海の上の黃昏《たそがれ》にも似て――

やがて夏の夜を　すずし氣な驟雨は巡つた
それは　知つてゐた　人々の空を降りながら
僕等の夢を過ぎた　さまざまの夏を

夏の宵

白銀の星や　貘《ばく》の夢
（まぼろし　まぼろし）
ほつそりとうすあをいトレモロのひとふしなど
さやかに吹き拔けて、　夏の夜の風は
すずろなる、　しとやかさ——
僕のこのちいさな庭に、　今夜はだれか尋ねてくるといい……
月明りの下で、　このかすかな嬉遊曲《ディヴェルティメント》をきくといい……
呆然と、　僕は呆然とします

貘の睡りをあはれに感じたりし、また
嘲笑つたりもしてみるのです
　さやかに吹き抜けて　夏の夜の風は
　すずろなる　しとやかさ――
さて僕のこの小さな庭が
毎日毎日、ただ安らぐうちにも安らいでゐると云ふことは
誰にも、知られてはゐないのです
それは、誰が知る、と云ふやうなことではないのです
そのことを想ひ、またやさしい夜の合奏をききながら
呆然と　僕は呆然とします……

朝の抒情小曲

すてきな　すてきな夢をみました　夏の日の夢を　夜の夢を
なにもかも　遥けくすぎさりゆくばかりなのに
わたしは　あまりに夢をみすぎた
夏の日の苦い翳は　わたしの夢を
あなたにまつはる　ふかいふかい夢を
つめたく　あはれげにふちどり　きはだたせ
それは　素敵な夢なのでした……
ですからどうか　わたしをわすれてほしい　遠く

わたしをおきざりに　遠く　遠く
かしこの海に　森の奥に　また空たかく　雲のまにまに
若々しくかろく疾り　わたしをしりぞけ
かしこく　せんさいにものうげな青　遠い青にすみわたつて
去り給へ　星々のあゆみのうちに……
わたしは　しづかなめざめにしづみ
なにおもふなき　朝《あした》のやすらぎ
風のあまりなさはやかさ――
たれも　わたしの夢をしらない
すぎさつた　ふかいふかい夏の夜闇を
わたしはもう　おもひださない

調和

眞夏の午後のねむたい食事。
青い繪皿に檸檬《レモン》をのせて
竪琴をかなでるやうにあるいてゆかう。
ぼんやりぼんやり僕は歩く。
虹色の空は万事ぬけめがない。
菩提樹《リンデ》の薫る四阿《あづまや》で
クジラの繪を描く少女のことを
僕は好きになりさうだ。

ゆつくりゆつくりかけぬけよう、
地中海の白くとがつた帆船のやうに
クジラの繪を描くあの娘のそばを
すつきりとした裸足でとびあるかう――
　クジラの繪の美しさのほか
みんなみんな忘れられた。
やがて菫色の黄昏が僕等の窓を濡らし
夜近く、　遊星の調和がひとつ　またひとつと
しづかに亡んでゆくのを僕は見た。

午睡

眩しい通りを、埃つぽい風が行き過ぎる。
湧きあがる雲の辺りには、
又新しく巨人の神話のやうなものが見えるが
今日は暑いし——隨分影も強《きつ》い。
やがて僕は疲れて、睡る……
目覺めると、何やら忘れてしまつたことばかりだ。

外を麥藁帽の萎びた翁さんが歩いて行く。
青空の下、杖を突いて……下宿屋の小母さんに挨拶する。
それから、夭折した孫の事を想ひ出す。

今日は暑いし、物陰は黑い。
地平を見つめて、永遠を感じてゐたりする人も、
今此空の下に於て確かに在るかも知れない。
蟬の声は聞こえるし、黄色い巨人も通る。
羊羹みたいな分厚い暑氣だ。
積乱雲はむくむくと湧き上るし

確かにあの辺りで神話が語られてゐたかも知れない。
まぶしく繁つた山並みや
その間を流れる、川の瀬音のことなど
しきりに、あざやかな想ひは湧くのです。
無人驛のベンチや、夏草茂る古戰場の
何とも云へない、なつかしさです。

面影

正午の寄港地には
虹色の檣《マスト》が立ち並ぶ
笑ひの絶えない四辻では
手品師がきれいな小鳥を飛ばしてゐる

爽やかな常緑
懐かしき日々の木洩れ陽
ミモザの花を振りながら
優しく白い道を通る歩みの

眞夏日の憶《おも》ひを追へば
空高く雲白く
海明りかがやかに
寄せかへす波音のかなしみ
凪は沖
陽は西

すべてかぎりなく過ぎ行く
息の切れるやうな郷愁
とある日の麥藁帽子の面影も
波のまにま
海鳥のやうにはぐれて——

九月

水は澄み
みどりは安らぎ
秋風に旅人のさよならも消えて
ひえびえと窓辺に揺れる花がある。
翳りなく白くひとすぢの野の道は遠く
金の糸、銀の糸――夕暮れは木《こ》の間《ま》に夢を織る。

やがて、あなたには限りなく優しい季節が、
そして僕――昨日《きのふ》の歌は昨日にかへせ……
僕にはなごやかな陽射し、僕は此處にはゐない――

秋の詞《ことば》

Autumn

ひととせののちに

昔　僕らの歌がうたはれ
今　その調べは失はれ
けれど僕らは佇み目を見交はす　かはりなく
やがて九月が巡る――僕は赴く

秋の優しい光に笑みを交はし
琥珀色の林を抜けて……小さな風はすきとほる
その向うにたれがゐる？　けれども僕は望まない

ただ夢見るだけ……その調べは失はれ……

僕らは佇み目を見交はす――昔九月にしたやうに
けれど約束は殘らない　僕らの歌はかへらない
ふりかへる日々にたれがゐた？　僕の目に　お前の目に

やがてまた九月――ねがひもなく
かなしみもなく　僕は赴く　美しいその地へと
ひととせの巡りが　僕の歩む道に何をひらく？

初秋の黙想数分

はればれと野に風も立てば
おろかな思想やまた軽率な戀愛に
わたしの四肢はあまくふるへもする
野分《のわき》はすぎたし
はるかに色めく野辺を見渡せば
すずしげなちぎれ雲も殘つてゐる
ああ空色よ　ねむさうな山よ
なんだか優しく心に殘る……

だからなんだと云ふのだらう
とまどつてとまどつてきよらかなものをさがし續けてゐたつもりが
実のところはこんなものだ
千年もひとつのかなしみに過ぎて
何處で祈りがなされたか分かりもしない
ああもうほんたうに疲れてしまつた
今はなんでもかんでも正しいやうにおもへる……

かういつたやくざな初秋の理想のそばを
すげなく通り過ぎるのが薄桃色の風だ

空のことしか氣にならぬ
何ともさつぱりしたものだ
うつとりとあの木のそばに近附いて
いろいろときいてやらうかな……

手紙

おだやかな午後の木洩れ陽を
優しく乱す風の囁き
はるかな国から屆いた手紙は
（紙の白さがまぶしいだけの……）

そしてその止まり木にとまつたままで
終りなき舟歌《バルカロル》を君はうたへ
空にあこがれて

しかし決して飛び立つことのない鳥のやうに
星降る夜に祈った言葉を
たれに知らせるすべもなく
季節の終りだけを待つてゐた僕に。

けれど暮れ殘る空に溶けるのは
ひととき　九月のばらの日に
つみかさなつた想ひ出と　あをざめるばかりの僕らの希望——

秋の旅

一つの季節から　もう一つの季節へ
鳥が青空に落ちる　やすらかな光の中へ
はりつめた祈りの歌――それは九月の空に
あきらかな響きに　うたはれるだらう

僕の愛した　君の愛した
溢れる水　さはやかな草の野面
その上を渡る風　季節の訣れ間を渡る……

——僕らはそれになりたかつた

さよなら　さよなら　葡萄畑の小鳥たち
さよなら　君の歩く　僕の歩く　ばらの小道

僕らは青空に落ちる——九月の空に
はるかな　愛するものに　歌がうたはれる

耳よ　きいておくれ　なつかしく
もう一度　かへつてきてそれをうたふ日は——

靜物

風は、
終日《いちにち》呟いてゐた。
靜物はすゞしく、
微笑んでゐた。
やさしく秋が營む　このゆふぐれは
しあはせうすい姉弟の窓べに
晴れやかな　ひと日を閉ぢた。

月はまさやかに
小部屋にさし入り、
姉弟の喘《あへ》ぎを　ゆるやかに解《ほど》く。
靜物はその夢を記憶する……
冴えわたつた空に
（また――！）
星の訣別《わかれ》。

銀の旋律

すずろなるこの夕べ、生まれなかつたものの遂をすみやかに弔はう。透き通つた白骨をかかげ（それはひと日の陽光に疲れた新緑の憂ひを映すだらう）微かな風に酔ひ、物優しい笛の音に誘はれて……季節から季節へ、秘められた歌は僕にも、お前にも唱はれることなく、別離とともに終はり――僕らは呟くのだ、《悲しむことは出來なかつた》と。さやうなら、薄暮に消える薔薇よ、雲の自由に憧れる彼の倦怠を僕はこの夜も夢見よう。

落日

秋の野に立つ
さやかな風と
忘られた歌と
僕はさかう
思ひわずらふ
なにもものもなく

澄みわたる空に
わづかに開いたお前の窓から
ほのかに　妙なる優しさのままに
さだめない　とぎれがちな祈りを
僕はきかう
去にし日のかなしみに
今はもう傷付きはしない

おお　僕の希望
おとろへた　樹々の茂りの照り返し
求めるものすべてにしりぞけられて
しかし　限りなく求めてゐる　僕の希望よ

やがてめぐり來る
沈默の日の予感に充ちて
あえかにもゆらいでゐる　あをざめた光たちが
たれ知ることもない　森の小鳥らの戯れのやうに

はぐくまれ　やがて死に絶える僕らの愛に
あまりに痛く　そそいでゐる時

僕はきかう
遠い晩鐘が告げてゐる
この夕映と溶けてゆく　つつましい僕らの永遠

晩秋の半島

貝殻をふむと
濱辺の風はしづかに忙しい
今日はしつこい風邪をひいてゐるので
復活の夢もかなしく衰へる
空はつめたく高く
夏はクレタ島の壁画のやうに
忘れられた

碧色のガラスは砂に埋れ
僕は樂園の犬に憧れ
あなたはゐない
南風の立ち去つた神殿の
衣擦れのすずしさ
柱廊のひややかな

黄昏
夏に生まれた黑髮の少年も息絶え
遺跡のかぎりない睡りのなかに置き棄てられる
半島の秋はやつれ

末期《まつご》の空の
がらんとした清潔
風はすきとほり
あさましい叙情ののぞみも
いつか消える

笛

さうさう
さうさうと
笛の音《ね》すなり
白き笛の音《ね》すなり
秋深き森なりき
琥珀の陽ほのかに注ぎ
白き風かぐはし

いといと涼し――さやかにも吹くかな……
鶇《つぐみ》光り
鹿睡り
落葉松《からまつ》の木末《こぬれ》さざやかに揺れ
その森に笛の音すなり
さうさうと白き笛の音すなり
こころ和ぐ音の響き
さうさう
さうさうと
そはなつかしき　たのしき日々の

おさなきかなしみの　また憧れの
わかるき日々より　しめやかにきこゆ――
笛の音すなり
白き笛の音
そはわれおさなかりし日
凪白き秋の日
ほそき指折りて吹きし笛
落葉松の森をあゆみて
さやかなる凪に吹きし笛
かなしき

やすらけき
往にし日の……暮るる秋の
白き笛の音
さうさうと
美しき日々の笛の音

冬の詞《ことば》

Winter

生誕祈念

雪降る国、鈴を鳴響《なら》す少女《いらつめ》。
幼《いとけな》き半音階《クロマテイク》蒼穹に透《とほ》り、
地霊はひしひしと蠢動する。
瞬刻の光芒《ひかり》（抜刀！！！）
澄んだ天景（見よ珠玉の散華）
天才は降臨《くだ》りやがて又飛翔《のぼ》る。

轉生《メタモルフオゼ》

聖女の遁走（少年は青ざめた光素《エーテル》を吸ふ！）
絶對零度、結晶する神慮の諧調《アルモニイ》。
綠青を嚥《の》んで少年は靈廟に翔ぶ。
鬱血する薔薇《さうび》は終《つひ》に氷と成るか、
（かがやかなる不滅を圖《はか》れ！）

裸形の宝石は地軸に寄せる……
夜來の風神は極地の聖戦を傳導《つた》へ、
大氣荒びて光源を目指《まなざ》す。
やはらかな憧憬は死に絶えた――海鳥《とり》に生《な》れ！

朝の記憶

晴れた冬の朝、表通りを、
やつれた年増《としま》が微笑んで通る。
晴れた冬の朝の表通りは
裸の樹木も眞白く震へる。
昨日は雪が少しく降つて
その分空氣も洗はれてゐる。

人々の吐く息は白く

僕の吐く息も白い
晴れた冬の朝の光は透明で硬く
やつれた年増女の笑みさへ浄《きよ》い。

表通りの空氣はそんな具合なので、
登校する児童等の喊声が
不思議なまでに明瞭に響き
僕は何とも云へず感心してしまふ。
昔の聖人が生まれた朝も
屹度こんなだつたに違ひない。

その頃、馬の蹄の響きは軽く
奥さん達は皆美しく
寝藁の匂ひなどさせてゐた。
遠くの教会の鐘の音は
その頃は一際、身に染みた。

やつれた年増女の姿はもう見えず
ベンチでバスを待つ爺さんが硬い咳《しはぶき》をする。
漬物売りの婆さんが、向うからリヤカーを引いて來る。
と、風が遠くから吹いて、
家々の、甍の光、七色に搖れ、

婆さんのお辞儀は恭しい。
この朝生まれたもの達は、　如何な瞳を見開くか——

僕は少しく立ち竦み
朝の記憶は薄れ行く。
遠くの教会の鐘の音は
硬い空氣に良く響き
遠くの教会の鐘の音は
今でも矢ッ張り身に染みる……

生地

雲の翳は青く、晴れ空にその身は痛む。
胸に湧く、あれやこれやの思ひ出は
立ち木のやうに眞つ直ぐだ。

やがて消え行く、空の色、
辿る小道は起伏して、
懐かしい上にも懐かしい、
昔の人の、歌声よ、

靜かな森の角笛よ、
睡さうな眼の、王様よ――

今日の日も、空は廣々として、
金の風が吹き、若い女の顎《あぎと》は寒い。
役所の隣の公園に、子供等の哄笑は溢れ、
一つしかないブランコが、仔細有り氣に、搖れてゐる。
いつもながらに僕は生き、
かたくなな、昨日の心をしづかに悔い、
草を食む、溫和《おとな》しやかな動物か何かの樣に、
つつましい、眞面目な祈りを擧げるのだ。

遊ぶ子供等の影は淡い七色に搖れ、
日向の土はほのかに溫かい。

石を投げ、草を拔き、後ろに倒れ、
手肢を伸ばし、目を閉ぢる——
詮方のない憧れに、地平は遙かの空に溶け、
全て優しいものの蓮は悲しみ
その祈りは、高く張りつめて光り、
やがて一つの、ひつそりとした交はりの中に安らふのだらう。
風吹く胸の裡を、王樣が通り農夫が通り、

皆めいめいの生地に歸つて行く――
短い冬の日は暮れ、子供等はキャッチボールを止め、
公園は、群青色の空氣に怯えて
一つしかないブランコが、仔細有りげに搖れてゐた。
影繪の樣に、搖れてゐた……

祭日

午前十時の街の影に
かなしげな天使は人知れず堕ち、
角笛の知らせは、冬の空に涯てしなく流れて、
神々の昔の方へと、しづかに消えて行つた。

少年達は朝早く、眞白い息を吐きながら、
銀の雪の輝きに笑ひさざめき、

高貴な古代の傳說を口々に語つた。
そして、羊飼ひの様に美しいお祈りをあげてから、
香草《ハアブ》のあえかな匂ひを殘し、
東の国へ、宝石を探しに行つてしまつた。

街はがらんと明るく
陽は優しげに、屋根の雪を溶かす。
まばゆい雫には、昨夜の雪が殘つてゐる——
教会堂は無疵な響きで時を告げ、
雲はすきとほつた風に青く顫《ふる》へて

聖《きよ》らかな季節《とき》に憧れる。
人々は皆歳を取つてしまつて
虹色の海の物語と、懐かしい櫂唄のほか何も憶えてゐない。

夜にはまた雪になり――人々は深く睡る。
その夢は遥かに澄んで、音を失ひ、
教会の時計も止まるだらう。
だつたらもう僕は美しい夕暮れを待たずに、
家に歸つて、しづかな祭日を永遠に忘れるとしよう。
少年達の足跡も消え、

銀杏はあらはな影を投げ、
長い髮の、優しい少女《をのこ》は風邪を引き、
永遠の白い夜、僕等は抱き合つて氣が遠くなつた――

月明りの下、銀狐は雪の曠野を驅けて行つた。
水晶の森の中に、凍つた天使の角笛が落ちてゐた。
苔むした切り株に腰掛けて、震へながら隱者は鴉と語り明かす。
人々は深く睡り、僕等は風邪を引いてゐる。

SONATINE

いつの間に……

白い森のしづけさに　僕は　きいてゐる
見えない　ひとむれの鳥たちの
心なく　きこえぬ唄　ああ　お前たち
かへらうとするのか　優しき四月　その日々のおだやかさに

それらの日々に　何が　お前たちを睽めただらう？
白い森のしづけさに　昨日と今日と

かはらない　凍てついた祈りのままに
夢は　いづこにか　通つただらう？

とほくから　やつてくるものを　たれも待ちはしない！
かはいた風　あらはな樹木と
立ちつくす　僕の姿と――

遺されて　しかし僕はきいてゐる
あらゆるなつかしいものたちが
それらの季節に　夢見てゐた、と

沈黙

優しげで　みじかい昼下がりに
行き場なく　僕は暫く心を失ひ切つてゐた
晩い秋の午後は深呼吸して夜を待ち、
つつましくしづみ行く光を、街中丁寧にひろげてまはつた

知らぬ間に夕闇は迫り、僕は林に独りゐた
枝々は落日の澄んだ暖色に染まり
梢のあたり空は夢見るやうに青ざめて、

古代の少年少女のさざめきが鈴のやうに冴え響いた
やがてお前はつぶやきはじめるだらう、
雨上がりの今朝告げられた、あの心なきいつはりについて
どこまでもまつすぐにとまどひなげき、
夜ぢゆううつむいてしまふだらう……

冬の夜、星が降り、鬼火がちらつき――僕は遁げた！
僕は悔いる、沈黙が葬つたすべての愚かしさ！

はつ雪

ひそくわざやかなほほゑみで、
お前は過ぎて行つた――にぶい光がさしこむ、
冬のひと日　ほんのわづかのあひだに
みじかい髪　ひややかなうなじだつた

めざめると空はきびしく朝の大氣を結び
あらゆるものはあきらかにすみきつてしまふので
過ぎ去つた日々にするどく傷つき、

にがくつめたい血をながした

なほも追憶は　ひとにあまりな痛みだつた
空はいよいよかなしく高くなり、
雲ひとつなかつた！　なにかの後を追ふやうに——

湖水は深夜、青々と森の奥に沈んでゐた
何ひとつ忘れることが出來ずに
僕は領いてはじめての雪を待つた

長き不在

お前は此處にはゐなかつた――二月、
ひとびとは春にだらしなくあこがれ、
僕は傷付くことにも慣れ切つて
寒氣の底に、つめたくうつむいてゐた。

夜にはまた、しづかに睡るばかり！
それですつかりひややかになつて
僕はもう、お前を待ちはしなかつた。

心なく　狂ほしい旅をつづけた。

だが終はつたのだ、風よ、めあてのない旅！
花を散らし、緑を、雲を、
鳥たちのささやかなひめごとをゆすつて

お前は何處にでもゐた、あてどなく
希つてゐた　遥かなもの、澄んだ優しさよ……
旅の終りに　希ひは夜空に遠く、冴えてゐた――

晴れた冬の日の午後の回想

ほら、雲のいちれつ　また一列
とんぼをきつて　かけて行く
青すぎるといふことのない冬ぞらは
春のためにひとのこころを純粋にする

今日あなたはたれを愛したのか
ちひさな問ひかけは絶えることがない
いつも　僕をゆすぶつてばかり

しづかに　たくまれたやり方で
昨日　僕はたれかを愛したか
さう、雪をながめながら――雪は
雪はやがて雨に　風は……やがて南から――

ふしぎに純白な予感にみちて
僕はきいた　声ともない声、
聖者の微笑　そのしめやかな結晶――！

わかれ

あまりに長い　くるしみが
旅人の心を　からつぽにした
彼は歌ふばかり　昔の歌を
やさし、ゆかし、その歌声……

小さい町の　しあはせな人々は
その歌を　きかなかつた
優しい歌は　きこえなかつた　それでも

雪の夜には　子供等を　ねむらせた
少女たちは何をきいたらう、少年たちは――
深いまどろみのなかで　かれらを泣かせ、
叫ばせた――あれは何の歌？

夢のあと　すべては　おだやかだつた
旅人は朝早く　小さい町を去り
早起きの少年がひとり　それを見送つてゐた

前兆《まへぶれ》

ちいさな〈凪〉　僕の部屋にやつて來た
（こどものやうに　やはらかい）まだ暗いうちから
或る予感を連れて　そして
そして僕は　ただ怯えてゐた　夜明けをおそれた……

やがて　小鳥らの　声もきこえて
僕は　ますます　夜明けをおそれた！
《ちいさな凪には　やさしい匂ひ

やがて萌えだす　春のみどりの》

遠い空では　死が靜かに爭つてゐる
あどけない　だれかの声もきこえる……
或る予感　僕は夜明けをおそれた——

朝の光が　窓を冷たく濡らすと
僕はいとしいひとをさがしたが
それは　何處にも　ゐなかつた。

解説　小川榮太郎

詩人　石村利勝

石村利勝の詩に解説や解釈はいらない。
繰り返し眺め、聲にして読み親しみ、
じつくり一字一句を辿りながら心中に湧くイメージを追ふ、それだけでいいのである。
私は、ただ、この優れた――偉大な詩人の長年の友である事の喜びと誇りを
ささやかに書きつけておきたくて、筆を執る。
読者の妨げにならなければ幸《さいは》ひである。

I

詩人石村利勝は、「詩」を中原中也に奪はれたところから出発してゐる。

これは比喩でもなければ、臆断でもない。掛値なしの事実であつて、それは本書に収録した初期詩篇の殆どの制作に先立つて書かれた彼の評論『中原中也の詩』を読み、そこから彼の詩群に戻れば、誰の目にも明らかであらうと思ふ。

まだ二十歳を過ぎたばかりだつた石村は、この評論の中で、中也の「寒い夜の自我像」を引いた後、次のやうに書いてゐる。

これは、ほんとうの詩人が書いた、ほんとうの詩である。そうでなければ、この世にひとと生まれて詩を読む意味など、何処にも無い。僕はそう信じている。これは実に何でもない、明白すぎるくらい明白なことなのだが、決して易しい真理ではない。それを余す所なく示《あ》かすのは、中原中也の存在、ただその事実のみだろうか。つまり、僕は中原中也を知ることによって、ほんとうの詩人、ほんとうの詩とはなにか、そして何故そんなものがこの世に在るのか、という問いに対する、殆ど公理とも云うべき解答を啓示されたのである。

吉田秀和さんのことばを借りる。

彼の存在が、私にあきらかにしてくれたことは、一口でいうと、何億という人間の中には「この宇宙の中で人間が生きてる」という——簡単といえば簡単な事実について、ある意味を、突然、私たちが日常生活ではあまり経験しないような形で、啓示できる人間がいる、ということである。私にとって、以来、「詩人」とは、そういう人間を指す言葉になった。
(『ソロモンの歌』「中原中也のこと」より)

さて、これ以上、何を云えばいいのだろう? 「風が立ち、浪が騒ぎ、」僕はただ「無限の前に腕を振る。」(『盲目の秋I』より)

長い引用になつたが、石村利勝といふ詩人の文体《ヒトトナリ》を知つてほしかつたが為であつて、それ以上の仔細はない。ここには、「ほんとうの詩人」が「ほんとうの詩人」に出会つてしまつたその瞬間の息吹、明白なのに「決して易しい真理」とは言へない、二人の間に交はされたであらう黙契が、真直ぐ伝はるやうに書かれてゐて、私に付け加へる事は何もない。

いや、石村自身にも、付け加へるべき言葉はなかつたやうである。

さて、これ以上、何を云えばいいのだろう?

さう呟いて、石村利勝はどうしたか。

詩作の人生に乗り出したのである、中原の詩の解釈や研究ではなく、また、中也以外の詩人たちを次々に読み漁る詩の好きな青年になるのでもなく。「ほんとうの詩とはなにか、そして何故そんなものがこの世に在るのか」といふ問ひに期せずして直面させられてしまつた、一つの詩魂として――。

中原と、実人生の上で深く交はつた小林秀雄は、その交流を振り返つて、「詩ではなく、生れ乍らの詩人の肉体を理解するといふ事は、何んと辛い想ひだらう」と書いた。彼は詩人ではなく批評家だつた。が、石村は違ふ。石村ならば、「詩人の肉体ではなく、詩を、それもほんとうの詩を、詩人が理解するといふ事は、何んと辛い想ひだらう」と、言へば言へたのではなかつたか。

だがもちろん、石村はそんな事を言ひはしなかつた。

代りに、黙つて、詩作といふ重荷を背負つて歩みだす、「無限の前に腕を振」りながら。自らが紡ぐ「ほんとうの詩」の言葉によつて、「風が立ち、浪が騒」ぐ有様に、自ら驚き、呆然としながら。

それが、この詩集に収められた初期詩篇である。

*

では、若き石村利勝の「ほんとうの詩とは

なにか、そして何故そんなものがこの世に在るのか」といふ真直ぐな問ひに、例へば、中原の詩はどんな風に応じたのか。

「春日狂想」

愛するものが死んだ時には、
自殺しなけあなりません。

愛するものが死んだ時には、
それより他に、方法がない。

けれどもそれでも、業(?)が深くて、
なほもながらふことともなつたら、

奉仕の気持に、なることなんです。
奉仕の気持に、なることなんです。

愛するものは、死んだのですから、
たしかにそれは、死んだのですから、

もはやどうにも、ならぬのですから、
そのもののために、そのもののために、

奉仕の気持に、ならなけあならない。
奉仕の気持に、ならなけあならない。

これは確かに、「ほんとうの詩」であるに違ひない。

この詩は、『在りし日の歌』に収められてゐるが、詩の好きな人達には今更説明するまでもなく、『在りし日の歌』は、「亡き児文也の霊に捧」げられてゐる。昭和十一(一九三六)年十一月に愛息文也を失つた中也は、心身を著しく病む。身を切るやうな悶えの詩歌が切々と迸る。翌年の九月には小林秀雄に『在りし日の歌』の清書稿を託した。が、中也の正気も生命もそこまでであつた。文也の一周忌を待たずして、殆ど「春日狂想」の詩句を自ら践むやうに、中也は三十歳で狂死する。

では、詩人石村利勝は、かうした、詩がそのまま人生であつて、自らの肉体を持て余し、人生をまるで激しい通り雨のやうに擦過して行つた人の書いた「ほんとうの詩」に、詩人としてどう向き合つたのか。

例へば本編巻頭詩《花束》を、私は、あへて、中原の狂死の前に供奉された、危ふい結晶であると言つてみたい気がする。

《花束》

宴《うたげ》の酒は野辺に充ち、季節は淨めの血を流す。
逐はれた天使の幸福を祭る、優し氣な少年達の角笛《ホルン》をきかう。
時のきはみにあなたは失はれた花束となり、温かい四月の驟雨は過ぎる。
一群れの鳩の美しい幻想《ファンタジア》、頬撫ぜる西風の——僕の愁しみ。

石村の詩の多くは、どこの国のいつの時代の情景でもなく、特定の神話や風土によるのでもない。が、現代日本語によつて語られた、そのイメージ喚起力の確かさは疑へない。

断るまでもないが、酒といふ液体が、実際に野辺に充ちる事はない。これは純然たる詩句である。しかし、この詩句は、決して詩人が頭でこねくりまはし、読者が頭で解凍しなければ意味の通らないやうな種類の修辞ではない。私たちは石村によつて組み合はされた「宴」と「酒」と「野辺」と「充ち」の照応によつて、たちどころに、宴の野辺の、絢爛に包まれ、酔ふ。燦爛たる鮮度で香り立つ酒の爽やかな香りを、五感のすべてを通じて嗅ぐ。詩語に導かれて、私たちの全感官が動き始め、全感官によつて幻想を見る。

「春日狂想」で魂を絞つて嘆かれた死児は、「浄めの血」と共に「逐はれた天使」となる。彼は、優し気な少年達の角笛によつて祭られ、私たちは、悲嘆のではなく、祝福のただ中にゐる。詩は「時」を止め、「あなた」と呼びかけられた我々自身が、「失はれた花束」――つまり決して枯れ萎れることのない凍結された時の華やかな象徴となつて、春の雨の中に溶け去る。これは時への、季節への、天使への哀悼に他ならない。

中也の絶望は、石村の詩では「愁しみ」となる。「愁」に「かなしみ」といふ読みはない。造語である。詩を読む私達は、愁ふのでも、悲しむのでもない。「愁しみ」といふ石村によつて見出された詩語により、遠くで奏でられたやうに愛惜の波紋が生れ、私たちは、西風の爽やかな感触に包まれながら、詩を読み閉ぢる。………

これは、透明で華麗な、しかし厳然たるレクイエムなのである。

美麗なイメージを掻き集めた作などではない。

石村の詩語は、実は、決して美麗に流れてゐない。

修辞に遊んでもゐない。

そこには、言葉の鮮やかな屹立、圧倒的な硬度、深く迫る酩酊、それにもかかはらず全身を包み込むやうな優美が溢れてゐるが、その詩は実は中也の詩が広い意味での宗教詩であるやうに、何者かに捧げられた、真率な祈りだ。

絶唱「春日狂想」を前に些かも色褪せず、低調を感じさせない所以は、そこにある。

石村は自らの心に、深夜独りで耳傾ける。彼は一語一語を紡ぎながら、さうして立ち現れる日本語のあらゆる機能——照応や射程、可能性——に耳を澄ませる。彼の表現のダイナミズムは、表面上決して、幅広いものではない。彼は詩言語において、フランツ・リストやセルゲイ・ラフマニノフの徒ではない。あくまでもモーツァルトの道、ショパンの道を行く。限られた音量と音域、そして和声の中で、無限の音階と無限の色調が、どちらかといふと小さな音で、試し弾きされてゆく。

するとどうだらう、誰の感情でもなく、どこの国の話でもなく、いつの時代の話でもない筈のそれらの詩は、驚くべき普遍的な美の秘密を開き始めるではないか。

だが、その基盤となるのは、情緒でも修辞ではない。

言葉によるデッサンの力に他ならない。

例へば《盛夏》から。

やがて全ては薄暮の透明に溶け
石屋の石材は、河の水さながら
西陽に揺れて、流れ出す。
窓辺の花はしなだれて
叢《くさむら》には銀の鈴、
地の透けるやうな夕暮は
煉瓦の色の、和やかさ。

《盛夏》は、夏の日盛りから夜のひんやりとした岩肌までを、時間軸に沿つて叙述してゐる。実に豊かな抒情が全篇横溢してゐる。だが、情は殆ど直叙されてはゐない。石村の詩では、デッサンの力が抒情を生む。今、引用したのは、夕暮れ時の川辺の素描だが、形と光の揺曳、そして色彩の全てがうだるやうな夏の夕べの空気を活写し、それが抒情の実態をなしてゐるのである。

他方、石村の詩のもう一つの基礎となつてゐるのは、詩人の耳の良さである。

これは、例へば《九月》から。

水は澄み
みどりは安らぎ
秋風に旅人のさよならも消えて
ひえびえと窓辺に揺れる花がある。
翳りなく白くひとすぢの野の道は遠く
金の糸、銀の糸——夕暮れは木《こ》の間《ま》に夢
を織る。

最も平易な言葉だけを使い、気取つた修辞もなく、それにもかかはらず充実した手応へがある。

なぜだらうか。

音読してみれば分る。

音節構造は、五音節—八音節を基本としつつ、音節は内面化されて、調子づいてはをらず、字面も調子も、徐々に高まる。耳にも目にも心地よい。五節目「野の道は遠く」で行そのものも遠く伸びゆきながら、最後の一節では音韻の上での破調を生じ、それまでみどりと秋風と白で構成されてゐた色彩に、金と銀、それも糸のやうに細い夕暮れの木漏れ日が差して、画面は鮮やかに転調する。

美しい水彩画に金泥が鏤められたやうなイメージが、音韻の素晴らしさに支へられてゐる。

光と音と風が、共鳴してゐる。

Ⅱ

ところで、詩とはそもそも何なのか——。

本居宣長は、歌の発生について、次のやうに語つてゐる。

ひたぶるに、かなしかなしと、ただの詞《ことば》に、いひ出ても、猶かなしさの忍びがたく、たへがたきときは、おぼえずしらず、聲をささげて、あらかなしや、なふなふと、長くよばはりて、むねにせまるかなしさをはらす、其時の詞は、をのづから、ほどよく文ありて、その聲長くうたふに似たる事ある物なり。これすなはち歌のかたちなり。ただの詞とは、必ず異なる物にして、その自然の詞のあや、聲の長きところに、そこゐなきあはれの深さは、あらはるるなり。かくのごとく、物のあはれに、たへぬところより、ほころび出て、をのづから文《あや》ある辞《ことば》が、歌の根本にして、真の歌也。(『石上私淑言　巻一』より)

恐るべき洞察と言はねばなるまい。歌は、言ふまでもなく日本の詩歌の中核なので、これは文字通り詩の発生を論じた一節である。宣長は、悲しみなどの情が激しくて、「ただの詞《ことば》」でそれを表しても「忍びがたく、たへがたきとき」に、人が、思はず聲に出し、長く発聲し、自づからあやとなり、文辞となつた時、それが本来の歌なのだと言つてゐる。宣長によれば、かうして発生した「歌」は、日常で意味を指し示す「ただの詞」とは成り立ちも原理も、まるで異なる。意味を示す「ただの詞」に対し、言葉のあや、聲の長さに、底なきあはれの深さがあらはれる「をのづから文《あや》ある辞《ことば》が、歌の根本にして、真の歌」だと言ふのである。

小林秀雄は、『本居宣長』でこの一節にとりわけ注目し、「文中に、明らかに透けて見えて来るのは、『ただの詞』より、発生的には、『歌』が先きだといふ考へ、『歌』よりも、聲の調子や抑揚の整ふ事が先きだといふ考へだ」と注釈してゐる。

受け止めきれぬ感情に聲を与へる事が先で、その整ひが歌の発生である。指し示し、伝達する手段としての言語はその後に生じたと、小林はこの一節を解する。意味が先なのではない。

意味に調子や修辞を与へるのが詩ではない。意味から組み立てるのではなく、聲が文辞となる道を行くのが、真の詩である、話は当然、さういふ事になる。

歴史的な事実の上でも、多くの場合、韻文の記録は散文の記録に先立つ。言語を意味伝達の手段とする前に、歌の幸《さきは》ひと共に、人類の長い揺籃期があつたと考へて、恐らく差支へはないのである。

韻律は定型をなす。

我が国においても、詩は発生直後のみならず、詩史の大半を占めるのは、和歌、連歌、俳諧であれ、漢詩であれ、定型詩であつた。

聲が、調べとなる中で文辞ともなる、その発生を思へば、定型とは意味を音律に並べる事ではなく、日本語固有の聲としての性質が自づから導いた音韻構造だつたといふ事になる。

時代が下れば、定型は硬直し、型に嵌り、感情の真率な流露といふ詩の発生から程遠く、陳腐化してゆくのは避けられない。

日本のやうに、詩の歴史の極端に長く、誰もが定型詩を作る習慣を持つてきた民族ともなれば、伝統の堅牢は、他方で伝統の陳腐化を意味するのも已むを得まい。それだけに、詩史を見れば、詩を陳腐化から救ふ試みは、後白河院、後鳥羽院、宗祇、芭蕉、子規を始め、再三敢行されてきた。

中でも、詩史上最大の転機であり、私たちの現在の詩の運命に直接かかはりもするのは、間違ひなく、西洋近代詩の輸入であつて、この輸入によつて、我が国の詩は、初めて音律上の定型から解放される事になつたのである。

しかし、宣長の洞察を受け容れるとするならば、私たちは、どのやうな工夫と飛躍を詩に齎さうとしたところで、日本語に内在する聲からかけ離れた場所に、詩を見出す事は、原理的に不可能なはずである。定型から自由になつたとは、実は近現代詩が、詩人に、一見不定形な文辞の中に日本語の本源的な定型を聴き分けられる、強い耳を要求する事になつたといふ事だつたのである。詩人は、和歌や俳句といふ形に現れた定型を超えた、日本語の音韻と心理の根源的な構造を、一人一人が、自らの耳と直観によつて探り当てねばならなくなつた。

かうして、日本の近代詩は、新しい定型の発見と、そこからの離脱との葛藤として始まる。島崎藤村、上田敏らによる新しい定型の発見は、幸福な瞬間を日本の詩歌に与へた。が、その幸福な産声は、時を置かずに、苦闘と挫折の歴史に暗転する。日本語の新たな調べの創造に沈潜する喜びより、和漢洋の豊富すぎる語彙と、次々に更新される世態風俗、急激に輸入の進む西洋詩の消化不良が、詩を覆ふのに時間は掛からなかつたからである。明治末以後、美の定着、感情の発見の困難に、詩人らは直面した。

近代日本小説は、散文による生活と心理の描写に、幾らでも逃げ道を見出せた。そもそも、紅葉、露伴らは、西鶴の再発見によつて日本の小説を近代化してゐるので、西洋文学によつてではない。同時期、二葉亭四迷はロシアの小説を日本の風土に置き換へようとして挫折したが、その挫折は過大評価されるべきではないだらう。日本の近代は、小説、演劇、人文学、武士道など、江戸時代すでに多角的に進行してをり、小説における江戸と西洋の自然な混血は、漱石、鷗外、藤村、荷風、自然主義、白樺派、新思潮、新感覚派を経て、気づいた時には、我が国固有の散文による物語と美の新たな嶺を形成するに至つてゐたと総括してよい。

成熟した散文は意匠や意味の更新に相当程

度、堪へられる。が、韻文は遥かに脆い。宣長による詩の発生論に借りれば、詩の本質は言語に内在する音韻構造にあり、定型を壊した時、新たな音韻をどう発見し、定着させるかは、言語の本質、詩の本質に直かに関はる。詩がたとひ近代藝術の意匠を纏つたとしても、聲で歌はれるといふもともとの性質を捨てれば、それは詩に似た、あるいは詩を装つた、詩ではない何ものかになる他ないだらう。

藤村、上田敏らの詩から、更に自由な地平を歩き始めた詩人らは、一人一人に託された聲の表出に苦心慘憺する事になつた。高村光太郎、室生犀星、萩原朔太郎らは、辛うじて詩の調べを新たな表現の沃野にしつつあつたが、それが個々の詩人の才能と多大な努力に依存する隘路であつたのは間違ひない。苦闘は続き、成果は必ずしも豊かではなかつたと、私は今振り返り、思ふ。

しかし日本の近代詩が本当の暗礁に乗り上げたのは、昭和に入り、プロレタリア文学と新感覚派、そして何よりも堀口大学、小林秀雄の訳詩により、日本語の聲よりも原詩の理解を先行させたフランス象徴詩の受容によつてであらう。ヨーロッパの詩の観念的な理解と受容が進むほどに、日本人にとつて自然な聲としての詩の機能が見失はれてゆくのは、考へてみれば不思議な事ではない。問題は、その影響が余りにも大きく深かつた事である。皮肉なことに、小林秀雄の散文は、成熟を増す毎に、豊かな聲を伝へる詩的な文体の力によつて、どんな詩人たちの詩よりも読書人らに受け容れられる事になつた。だが、小林訳の『地獄の季節』を朗読しても、誰もその意味について行ける者はゐまい。それはあくまでも書き言葉としての華麗な日本語の開拓実験であつた。日銀総裁だつた前川春雄は旧制中学時代のフランス語の家庭教師だつた小林秀雄を回想して、「フランス語の基本と発音は相当にムチャクチャであつた」と言つてゐる。本人によるものも含め、類する回想は枚挙にいとまがない。フランス語の発音の分らない人間がフランス詩を訳し、それが文学青年らに多大な影響を齎せば、日本の詩から音韻が消えてゆくのは是非もない事であつたらう。

戦後詩は、いはばその延長上、聲の喪失として始まつた。鮎川信夫、田村隆一らに始まる戦後詩においても、鮮やかな観念の発見、意味論や創作技法、暗喩などの上での高度化を認めるのに、私はやぶさかではない。が、優れた同時代の作家や批評家の文体にはまだ多分に残つてゐた「聲」は、寧ろ詩壇の詩から真先に消えてしまつてゐる。戦後何度かノーベル文学賞の候補に挙がつた西脇順三郎の詩にも、私は聲を感じたためしはない。詩は、観念の中に凍結され、聲は封殺されてゐる。

戦後詩壇における詩の音聲の重視とは、オノマトペや意味から切り離された単なる音であつて、「聲」であつた事はないのではないか。最も根源的な詩の単位である「聲」への着眼が、あまりにも乏しかつたと言はざるを得ないのではないか。

　では、さらに半世紀以上の月日の流れた令和の今、日本の現代詩とは何なのか。

　厳しい事を言はざるを得ない、その多くは行がへされた散文に過ぎなくはないか、まるで、次の谷川俊太郎の詩の自嘲するところさながらに。

行分けだけを頼りに書きつづけて四十年
おまえはいったい誰なんだと問われたら
詩人と答えるのがいちばん安心
というのも妙なものだ
女を捨てたとき私は詩人だったのか
好きな焼き芋を食ってる私は詩人なのか
頭が薄くなった私も詩人だろうか
そんな中年男は詩人でなくともゴマンと
いる

私はただかっこいい言葉の蝶々を追っか
けただけの
世間知らずの子供
（略）
詩は
滑稽だ（『世間知ラズ』より）

　谷川が、戦後詩にあって、類稀な「聲」を持つ詩人である事は疑ふ余地がない。

　その谷川だからこそ、「行分けだけを頼りに書きつづけ」たと臆面もなく言へるので、行分けを頼りにすれば詩が現出するのは、それが谷川俊太郎だからで、他の誰でもさうなるといふわけにはゆかない。

逆に言へば、谷川俊太郎ならば行分けに頼らずに言葉は詩になる、だから行分けに意味が生じ、リズムが生じ、事実引用した平易そのものの言葉の並びも、確かに詩になつてゐる。

だが残念な事に、戦後詩にあつて、それはひどく稀な事なのである。

ましてや、代表的な現代詩とされる詩人の作品を通覧しても、私のやうな詩壇の門外漢には驚きしかない。とりわけ、平成後期からは実験的な要素や難解な思弁さへも影を潜め、そこには「行分けだけを頼りに」した、どこをどう読んでも平凡な散文しかないからである。現代の詩は本当にここまで衰弱してしまつてゐるのだらうか？　そんな事が本当にあり得るのだらうか？

＊

石村の詩の力を、私はまづデッサンに見、続けて聲に見出した。

「ほんとうの詩とはなにか、そして何故そんなものがこの世に在るのか」と問ひ続けた、このモラリストは、感情の氾濫を求めもせず、詩に観念や思弁を持込みもせず、時代から遠く離れて、手仕事を重ねたのだつた。

手仕事の中にしか、詩の真実などありはしない。

石村の詩の軽やかさ、煌びやかさに近づか

うと注意深く読み味はうとする時、私をいつも驚かせるのは、その平凡な事実である。音韻を探り当て、色彩と色彩を重ね、五感が互ひに共鳴し合ふ為に、この人が重ねた手仕事の、作の軽みからは想像のつかぬ手応への重さである。

Ⅲ

読者には、もう、詩集に戻つてくれればそれでいいのだけれど、あと少しだけ蛇足を。

この詩集の元になつてゐるのは、年代順に記された膨大な詩稿であり、第一詩集となる本篇は、詩人二十一歳（一九九〇年）から二十七歳（一九九六年）に掛けての作品から、私が精選した。配列も私による。ただし、詩集の題名は詩人自らによつた。これらの詩の大半は、当時私たちが編集同人として刊行してゐた『一粒の麦』に掲載されたものであり、刊行に際しての加筆・修正は、誤字や仮名遣ひの手直し以外、行はれてゐない。

その頃から、私は、無論石村の詩の美しい完成度には充分気づいてはゐた。が、批評家としての不器用な自己確立に懸命で、青春の汚れに夢中でまみれてゐた私は、友人の詩に沈潜して真価を理解するほど深切な人間ではなかつた。いや、さう言へば多分嘘になる。彼の詩に、本当に出会ふには、五十歳余といふ齢が、私には必要だつたといふ事だつたのであらう。

詩を読んで美しいと思ふ事と、詩に出会ふ事は違ふ。その違ひが、私の石村体験にあつては四半世紀もの時差を生んだ、魯鈍な話である。彼の詩の美しさは、私にはあまりにも迅速だつた、さう言つておくのが、恐らく、一番正しい。

石村の詩の意匠・様式について贅言を費やす興味は私にはないが、そこここに日本近代詩の影響を見ることは、誰にも容易であらう。北原白秋、宮沢賢治、吉田一穂、立原道造などの技法、癖、文体が時に模倣され、時にさりげなく偸み、生かされてゐる。

だが、私の知る限り、彼が中原以外の詩人を愛読してゐた記憶は余りない。立原道造の詩集を、彼が熟読の最中に見せてもらつた事がある位のものだつたらうか。他に、何かの折に、絶賛してゐた事を覚えてゐるのは宮沢賢治である。外国の詩人では、彼の卒業論文の題材となつたT・S・エリオットの初期詩篇の話をした覚えがないのは、どうせ私には分るまゐと彼が思つたからかもしれないが、フランス象徴派の詩人も余り話題には上らなかつた。寧ろ、シェイクスピアやゲーテの詩について話した事の方を私は覚えてゐる。しかし、実際の彼が夜ごと繰り広げられる酒席で談じて倦まなかつたのは、小林秀雄、青山二郎、河上徹太郎、中村光夫、吉田健一、大岡昇平ら中原周りの人達でなければ、正宗白鳥や川端康成であり、もしかするとそれ以上に吉田秀和や遠山一行、往年の大演奏家らであつた。

だが、さうした影響関係などより遥かに、そして決定的に重要なのは、石村の詩が徹底して、歌はれた季節と結びあつてゐることの方であらう。

この度、通して何度も熟読したが、収録時期の七年間を通じて、ごく最初の半年ほどを除き、石村の詩の様式、文体、完成度には驚くほどばらつきがない。この後の四半世紀を通じて、石村の詩作は長期の中断と、様式、心境の上での大きな変化を生じる。その為、この第一詩集では、さうした変化のない詩境の安定した時を区切りとして刊行する事にしたのだが、私が驚いたのは、季節を歌ふ石村の音調《トーン》が、収録の数年間にわたり、極めて安定してゐる事だつた。私は、殆ど年代を考慮せず、季節の巡りに従つただけである。さうさへすれば、詩はそれぞれの場で気持ちよく歌ひ出してくれる、本篇の配列はさうした基準によるものである（一部例外もある）。

季節の微妙な色彩や移ろひを描く基盤となるのが、彼のデッサン力であり、耳の良さであり、五感の官能全てを照応させる言葉の選択眼であるのは既に指摘した。

しかも、季節はいつも遠くにあつて美しく、彼はそこにはゐない。

失はれた時、そして彼から時を奪ふ何らかの別離が、ほぼ一貫して歌はれる。私は概ねの詩を季節ごとに配列したが、最初期の詩篇として、ある秘かな恋の始まりと終りを想像させる恋愛詩のみを末尾に置いた。季節の織物の驚くべき緊密と充溢の後、淡ひ恋の歌を置くのは如何にも石村の詩境にふさはしいと感じたからである（これらにSONATINEと題したのは詩人である）。

それにしても、若き石村の、何と確かな季節の色彩、音調の捉へやうであらうか。

この詩集では、巻頭、読者に《花束》が投げ渡された後、【春の詞】は、《前夜》の厳しく透明な白銀の世界から、遠く春の予感を見る事から始まる。それはまだ凍結された春であつて、続く《春の序曲》も、同じく冬の厳しさを歌ふが、《陽春小曲》で、やうやく燕が春を運ぶ。

そして《早春賦》。

この忘れ難く輝かしい、しかし優しい傷心を柔らかく含んだ春！

この詩は、「青い南風《みなみ》」と共に、一挙に私たちを春の中に連れ去るが、そこで私たちは何と驚くべき経験をする事だらう！

私たちは「神々の影に怯え　愚かな夢を見た」稚い燕となり、詩人の言葉に励まされ、「春を告げ　溫かい雨に煙る」森へ、「海の見える白い丘を越えて」飛び、一面に広がる春の陽光とみどりを体いつぱいに吸ひ込む。言葉の畳みかけの強さ、瞬時に日が陰るやうな優しい傷心……。その移ろひ易さそのものが早春の気分を見事に映し出してゐる事に、読者はぜひ注意されたい。

《春風》《宝石》と最高傑作が続くが、その次、彼が珍しく日本固有の春のイメージにはつきり回帰してゐる《面影》は、石村の詩境が日本の詩歌伝統を鮮やかに更生させる可能性をも秘めてゐることを示すものだらう。

《面影》

さくら舞ひ
さくら散る
風の向う
なにゆえの
心残りぞ
うす曇り
たえだえに
きこゆ物の音《ね》
いと優し
いとかなし

さくら舞ひ、さくら散る。——最も素朴な二連だ。が、この、さくらに吹く風によつて、詩は動き出す。「なにゆえの 心残りぞ」と、『古今和歌集』以来の最も典型的なさくらへの心託しへ詩は進み、それが「うす曇り」へと転調する。かうして、散るさくらからうす曇りへと、私たちは、「心残り」の風景を得るが、うす曇りがたえだえになのか、たえだえにきこゆ物の音なのか、詩句は連なり流れて照応しながら、「いと優し いとかなし」といふ、これ又、最も素朴で古典的な二連を導く。

この素朴な詩の、読み込み、眺め、聲に歌ふ程に増す美しさはどうであらう。かうした美しさを、最もシンプルな日本語によつて生み出せる石村の詩語のしたたかな強さは一体どこから来るのか。

かうして、さくらが散る時節と共に、詩は五月に入る。《海市》が鮮やかな音彩による宴のやうに一幅の美しい港を描き、それは殆どヴァトーの絵を思はせる。対象は静物のやうに明確に造形されてゐるのに、動いてもゐるのである！

が、喜色に溢れた春は、《花籠》とともに、一変する。

石村の描く五月は、新緑鮮やかで、楡の葉蔭も眩しく、詩篇《花籠》にもむせ返る色彩が溢れてはゐる。それにもかかはらず、色調は一変する。忍び寄るのは冷気である。それは「打ち捨てられた青い屋根」の一句で定まる。五月が進むにつれ、傷心と冷ややかな悲しみが季節の中にそつと忍び込む。《摸倣》の新緑のプロムナードは短調を奏で、せつかく育てた「硝子《がらす》色の菫《すみれ》」といふ美しい希望は食ひ尽くされ、残るのは「失意のかたい陰影」だ。《風立ちぬ》の五月は「眩《まばゆ》い銀の鈴」の音が奏でられてはゐても、そこにはもう「青い南風」は吹かず、「宝石の煌めき」も角笛やトロンボーンの輝かしいサウンドもない。雲は消え、笛の音も消え、「憧れは影に住む」。

石村は、五月に、盛夏の予感と逞しい季節を見ない。影と不安と冷気を発見する。心境と季節は溶け合ひ、彼において、五月は人生の夏に向けての跳躍の時ではなく、春の陰りなのである。

詩人は、この後、《水滴》に描かれた紫陽花色の季節をくぐり抜け、夏へと我々を導くが、夏の眩さも、石村はそのまま歌はない。彼は夏の重さを歌ふ。

《午後のルフラン》にはじまる夏は、いつも、「けだるい風のマドリガル」が繰り返され、死の予感が遠鳴りのやうな低音部をなす。《窓》の「お前」は「やつれた微笑み」を浮かべ、《夏日のスケッチ》では、「老いた小鳥が落ち」、「ひろげられた手紙は古び」、「野ばらは沈黙」する。この詩で、「甦へりしものたち」が、「とざされた思ひのままに」見つめてゐるのは、「うすれゆく面影」である。

石村は《盛夏》でも、夏の盛りを、重くこもつた西陽が沈み、「夜闇に夏草茂る宵、川つぺりの岩肌に 風はひんやりと、しみ込む様子」に見る。盛夏は、夜にある。岩肌に染み入るのは蟬の声ではなく、ひんやりとした風なのである。………

＊

切りのない事だ。

もうよさう。

石村における季節の発見は、情感の発見でもある。

そこでは、絶えず、失はれたなにものか、今はゐないなにものかが、非在といふかたちでありありと現在してゐる。

季節も、そして非在——無常——も又、日本の詩歌伝統の、いや存在論の中核である。

石村の詩は、本質的な意味でその伝統に真直ぐ連なる。その詩群は、喪失と不在とへの、石村利勝の、恐らくは優しすぎる魂の、全人的な修復の物語なのであつて、石村の詩が写生の確かさを持ちながら、ほぼその全篇が豊かな物語の奥行きともなつてゐるのは、その為である。

作者は、能動的に意欲せず、待つ。待つてゐたところで、喪失は決して回復されないことを、彼は知つてゐる。彼は嘆きの行方を追ふ。が、喪失と身を重ね合はせはしない、かつて中原中也がさうしたやうには。

詩人は季節に身を委ねる。季節は彼を救ふ、そつと静かな手つきで、彼に夢を見せる。彼に、音彩とオーロラが訪なふ。彼は独り、魂に映じるその音画を書き写す。

それは夢であるか、さもなければ祈りであるか。

——川端康成は、『美しい日本の私』を、道元禅師と、明恵上人の歌で語り起こしてゐる。

私は、同じ歌を引いて、この稿を閉ぢようと思ふ。

春は花夏ほととぎす秋は月
冬雪さえて冷《すず》しかりけり　　道元

雲を出でて我にともなふ冬の月
風や身にしむ雪や冷めたき　　明恵

詩集　ソナタ／ソナチネ　目次
Sonata / Sonatine

〈著者紹介〉
石村利勝　詩人。一九六八（昭和四十三）年、広島県広島市生まれ。大阪大学文学部文学科卒業。英詩研究の泰斗藤井治彦教授の下で英国近代詩を専攻。在学中の一九九一年より小川榮太郎（現・文藝評論家）らと共に文芸同人誌『一粒の麥』に参加し、多数の作品を発表。二〇〇四年を最後に詩作を絶ち、海外に移住。十一年の沈黙を経て二〇一五年に電子書籍『小詩集 愚者のルフラン』（KDP）を発表し、詩作を再開。以後「現代詩フォーラム」「文学極道」「B-REVIEW」など主要な詩投稿サイト上に多数の作品を発表し、独自の作風で注目される。現在は詩誌『OUTSIDER』に参加。

詩集　ソナタ／ソナチネ
Sonata/Sonatine
2021年9月15日　第1刷発行

著　者　石村利勝
発行人　見城 徹
編集人　森下康樹
編集者　山口奈緒子

GENTOSHA

発行所　株式会社 幻冬舎
〒151-0051 東京都渋谷区千駄ヶ谷4-9-7

電話：03(5411)6211(編集)
03(5411)6222(営業)
振替：00120-8-767643
印刷・製本所：株式会社 光邦

検印廃止

ISBN978-4-344-03847-9 C0092
幻冬舎ホームページアドレス　https://www.gentosha.co.jp/

この本に関するご意見・ご感想をメールでお寄せいただく場合は、
comment@gentosha.co.jpまで。